S0-BAI-456

Un
BOLSILLO LLENO
de
BESOS

Audrey Penn
Ilustrado por Barbara L. Gibson

Traducido por Teresa Mlawer

Tanglewood • Indianapolis

Publicado por Tanglewood Publishing, Inc., 2019

©2004 Audrey Penn; ilustraciones ©2004 Barbara Leonard Gibson. Todos los derechos reservados. Este libro o parte del mismo no se puede reproducir ni transmitir de ninguna forma, ni por ningún medio, electrónico o mecánico, incluyendo fotocopia, grabación o cualquier sistema de almacenamiento o recuperación de datos sin el permiso previo por escrito de la editorial.

Primera edición en español 2019

Tanglewood Publishing, Inc.
1060 N. Capitol Ave., Ste. E-395
Indianapolis, IN 46204
www.tanglewoodbooks.com

NÚMERO DE IMPRESIÓN (últimos dígitos)
10 9 8 7 6 5 4 3 2 1

Diseño de tapa de Andrew Arnold
Diseño del libro de James Melvin
Editado por Tegan A. Culler
Traducido por Teresa Mlawer

Printed in the USA/Impreso en Estados Unidos

ISBN 978-1-939100-20-7

Library of Congress Cataloging-in-Publication Data

Penn, Audrey, 1947-
  A pocket full of kisses / Audrey Penn ; illustrated by Barbara Leonard Gibson.
      p. cm.
  Summary: Chester Raccoon is worried that his mother does not have enough love for both him and his new baby brother.
  ISBN 1-933718-02-1 (alk. paper)
  [1. Mother and child--Fiction. 2. Sibling rivalry--Fiction. 3. Love--Fiction. 4. Babies--Fiction. 5. Raccoons--Fiction.] I. Gibson, Barbara, ill. II. Title.
  PZ7.P38448Po 2006
  [E]--dc22
                            2006003731

A mis adorados
Matthew, Ryan, Daniella y Rebecca
–AP

A mi padre y a sus nietos,
Caitlin y Evan
–BLG

Chester Mapache estaba sentado en el tronco
hueco de un árbol haciendo pucheros:
—Mamá, por favor, ¿podemos devolverlo?
Si lo devolvemos, voy a ser muy, *muy* bueno.

La señora Mapache sonrió con ternura:
—Chester, ya eres bueno, *muy* bueno.
Pero me temo que por muy bueno que seas,
no lo podemos devolver. Además, siempre
pensé que querías tener un hermanito.

—Al principio, sí —admitió Chester—, pero ahora él juega con mis juguetes, se columpia en mi columpio y lee mis libros. Además, me tira de la cola, habla con mis amigos ¡y me sigue a todas partes!

La señora Mapache alzó a Chester, lo sentó en su regazo y, acariciando su aterciopelada frente, trató de aliviar sus preocupaciones.

—Eso es lo que los hermanitos hacen —le explicó en un tono muy maternal—. Es como compartir el bosque, el arroyo o la comida que encontramos. Ronny solo quiere ser igual que tú.

La señora Mapache puso a Chester en el suelo,
y le sonrió con esos ojos llenos de amor y ternura
que él tan bien conocía.

—Creo que alguien necesita un beso en la mano
—dijo ella con voz cálida y acogedora.

Entonces tomó la mano de Chester en la suya,
y separando cada dedito como si fuera un abanico,
se inclinó hacia él y lo besó justo en medio de la palma.

Chester sintió cómo el calor de ese beso recorría
su mano, subía por su brazo y llegaba a su corazón.
Y cuando se llevó la mano a la mejilla, pudo escuchar
en su cabeza las palabras de su mamá: «Mami te quiere.
Mami te quiere».

Chester mostró una sonrisa tan grande
que las puntas de su suave y sedoso antifaz
negro se curvaron hacia arriba. Incluso sus
mejillas se sonrojaron. Se sentía el mapache
más feliz del bosque.

Pero, entonces, en un abrir y cerrar de ojos,
toda esa felicidad desapareció de su rostro.
Sus sonrosadas mejillas palidecieron, y una
pequeña cascada de lágrimas corrió por su
triste cara como gotas de lluvia primaveral.

Incluso su sedoso antifaz negro cambió
al ver que su mamá se inclinaba y tomaba
la mano de Ronny en la suya, separaba cada
dedito como si fuera un abanico y depositaba
un beso en medio de la palma derecha de su
hermano.

—Pero ese beso era el de *mi* mano —dijo
Chester con la voz más triste que ella jamás
había escuchado—. ¿Por qué le diste a Ronny
el beso de *mi* mano? ¿Es que ya no me quieres?

—¡Chester, desde luego que te quiero!
—dijo la señora Mapache.

—Y, entonces, ¿por qué le diste al bebé
el beso de *mi* mano?

La señora Mapache tomó a Chester en
sus brazos y le dio un abrazo grande, largo,
reconfortante.

—Yo nunca le daría a Ronny el beso de *tu*
mano —le aseguró con ternura—. Ese era el
beso de *su* mano. Ahora cada uno tiene el suyo.

Chester se enjugó las lágrimas y se acurrucó
en el regazo de su mamá.

—Si nos das besos en la mano a los dos, ¿no
se te acabarán?

La señora Mapache se rio:

—¿Te gustaría oír una historia? —le preguntó.

—¿Acerca de besos?

—Acerca de las estrellas —le dijo ella.

»Todas las noches, antes de ocultarse,
el sol alza sus rayos hasta tocar todas las estrellas
del universo. Una a una, todas las estrellas
se iluminan y derraman su luz sobre nosotros.
Incluso en las noches en las que no las podemos
ver, las estrellas centelleantes nos iluminan desde
el cielo. No importa cuántas estrellas haya en el
firmamento, al sol nunca se le acabará su luz,
y sus rayos no dejarán de iluminarlas.

»Igual sucede con los besos de la mano. Cuando
alguien te quiere, los besos son como los rayos del
sol, siempre presentes y siempre esplendorosos.
No importa cuántos besos en la mano les doy a ti
y a Ronny, nunca *jamás* se me acabarán.

»Pero tienes razón en una cosa —le dijo la señora Mapache a Chester.

Los ojos de Chester se agrandaron llenos de sorpresa.

—¿Y qué cosa es? —le preguntó a su mamá.

—Tú eres el hermano mayor y mereces algo especial.

La señora Mapache colocó a Ronny en el columpio. Entonces, tomó la mano de Chester en la suya, separó cada dedito como si fuera un abanico, se inclinó hacia él y le dio un beso en medio de su palma.

—Este beso que te doy es para tu bolsillo
—le dijo—. Cuídalo y guárdalo bien. Uno
nunca sabe cuándo un hermano mayor puede
necesitar de un cariño extra.

Chester abrazó a su mamá y salió corriendo
a jugar.

«Yo también te quiero» parecía decirle con
la mirada.